U0684254

秦德君 著

人是第三种时间

中国文联出版社

图书在版编目（CIP）数据

人是第三种时间 / 秦德君著. --北京：中国文联
出版社，2024.3
ISBN 978-7-5190-5343-7

Ⅰ.①人… Ⅱ.①秦… Ⅲ.①诗集—中国—当代
Ⅳ.①I227

中国国家版本馆 CIP 数据核字（2024）第 060341 号

著　　者　秦德君
责任编辑　胡　笋
责任校对　李佳莹
装帧设计　中联华文

出版发行　中国文联出版社
地　　址　北京市朝阳区农展馆南里 10 号　　　　邮编　100125
电　　话　010-85923025（发行部）　　　　85923091（总编室）
经　　销　全国新华书店等
印　　刷　三河市华东印刷有限公司

开　　本　880 毫米×1230 毫米　　　1/32
印　　张　8
字　　数　158 千字
版　　次　2024 年 3 月第 1 版第 1 次印刷
定　　价　85.00 元

月亮第一次

出现的时候

是物质的图样

第二次出现

是精神和诗的图样

序

　　这本小集，是在校园读书前后一些诗作的辑集，尚有 20 世纪 90 年代余息。当时诗多以"秦岭"笔名发表，有的发表于社会报刊，如《阳光与灯光》发表于《中国校园文学》；有的发表于当时复旦校园报刊，如《中国定义》发表于复旦《南区人报》（一份很有活力的研究生报纸）；有些发表于《复旦》报。硕士毕业读博，因着手准备写博士论文，天天在电脑上练"五笔字型"，就把散在各处的诗作打出来，于是有了这样一本小集。后因朋友传抄之故，形成了几个版本。现在手头上仅有的本子，已不是最早的版本。此次尽可能找到原来发表的或最早的存稿作校勘。

　　90 年代是个大建设时代。浦东开发开放，上海到处都是大工地。当时有个说法："世界上三分之二的吊车在上海"，正如小诗《大工地》里说的："上海滩/是一个/搭着五颜六色积木的/大工地/许多戴工帽的大孩子/搭出许多体积庞大的/几何图案"（第 90 页），陆家嘴平均每天一幢高楼拔地而起。黄浦江上，一座座大桥快速建起。我们在复旦文科楼六楼上课，远远可以看到杨浦大桥开通典礼的彩旗。我们去浦东搞调研，晚上回校路上，黄兴路高高低低的一片黑，自行车骑一段就得下来推那种。

那时的复旦校园非常活跃，"国际大专辩论会""复旦学派""21世纪世界大学校长论坛"等，都在那个时候。李政道、谢晋、王蒙等都是复旦常客，王蒙有段时间来了三回，都在三教3108教室演讲。这间平常却非常著名的教室，有过无数社会名流、著名学者的演讲。当时以色列总理拉宾来访，也是在3108作的演讲。当时流行说法是"在相辉堂是最高的政治礼仪，在3108是最高的学术敬意"。王蒙一次在3108演讲后，题写了"复旦青年"四字。李政道有次是在"校训墙"前演讲，阐释"博学而笃志，切问而近思"，极有意气。陈燮阳率上海交响乐团来相辉堂演出，笑言舞台过于狭小，没法展开，呼吁"翻修重建"。

我们住的"南区"，是硕士生、博士生宿舍区，几乎每天都有媒体和社会单位来采访、座谈，举办专题研讨等，各种学术和文艺活动非常活跃。复旦民乐团也是在那时候成立的，我们经常在相辉堂演出，总是座无虚席，走道也站满了人。

"诗产生于灞桥风雪中。"这些小诗皆出自偶思偶拾，故殊多拙朴，风格上也不尽相同。正如多年前我在原序里说道："有时我们需要一种语言来传达心灵，或者淌一淌心头的溪流，这种话语，也许叫作诗歌。"有个词叫"心路历程",这些诗行,是彼时心路历程的点滴罢。今之出版,除了回望岁月,保留一点印痕,也是为了让心头多留一份"诗心"。

德国艺术史学家格罗塞(Ernst Grosse)说:"大多数的原始诗歌,它的内容都是非常浅薄而粗野的。"英国社会学家斯宾塞(Herbert Spencer)在他"第一原理"(First principles)的阐述中,曾谈到最低级文化的诗是一种"不分体"(undifferentiated)的诗,因为尚未形成诗的类别。民歌就是这样一种情况。1862年清代学者许之叙在为《天籁集》(康熙初年郑旭旦编纂)作的序中谈道:"古谚童谣,纯乎天籁,而细绎其义,徐味其言,自有至理存焉,不能假也。"

明代冯梦龙在《序山歌》中也说:"但有假诗文,无假山歌,则以山歌不与诗文争名,故不屑假。"这里"假",非真假之假,是指忸怩作态。冯梦龙认为复古风虽过,但诗文矫情依旧,唯民歌质朴。民歌不与诗文争名,不屑以矫情为之。明代袁宏道在《叙小修诗》中甚至认为,只有民歌"真声"可传,"今之诗文不传矣。其万一传者,或今闾阎妇人孺子所唱《擘破玉》《打草竿》之类,犹是无闻无识真人所作,故多真声"。

诗的本质就是原真。这一点,在民歌上有充分体现,民歌是诗的底版。意大利人韦大列(Baron Guido Vitale)曾任驻华公使,他收集了北京一带170首歌谣,出版过《北京的歌谣》一书。韦氏认为"在中国民歌中可以寻到一点真的诗""根于这些歌谣和人民的真的感情，新的一种国民的诗或者可以发生出来"。

法国19世纪最著名的现代派诗人波德莱尔（Charles Pierre Baudelair）说"伟大的诗在本质上是愚蠢的"。这种"愚蠢"，即"原真"之质、"真声"之要。孔子说"《诗》三百，一言以蔽之，曰：'思无邪'。"（《论语·为政》）"思无邪"便是纯真无邪、合乎人性本然的意思。爱情篇《关雎》冠三百篇之首，"思无邪"就是《关雎》里人性纯真、无不出于真情的样子。《诗》经孔子删裁，粗犷野质虽荡去不少，但还是保留了原真。可以说，诗是中国人最早开辟鸿蒙的读物。

清代乾隆一生写了四万多首诗，没一句留传下来。尽管当时喝彩声无限，但一过时候，就一风吹了，文学史和诗论都完全不予理会。

不装、不虚矫、不违天性，娟娟群松，下有漪流，就与诗接近。所以每个少年期的童子，其实都是诗人。

诗是静的艺术，也是一种心灵艺术。海德格尔说："诗是真正让我们安居的东西"，他还说"人安静地生活，哪怕是静静地听着风声，也能感觉到诗意的生活"。自然主义作家梭罗（Henry David Thoreau）在1854年出版的《瓦尔登湖》中说："诗歌与艺术，人类行为中最美丽最值得纪念的事都出发于这一个时刻。""人当诗意地栖居"这个命题，不仅包括人应当怎样诗心地生存生活，还包括了人应当怎样书写心头的诗意。

诗可养心。然而诗的时代，似已远矣。明代公安派首席袁宏道在《与丘长孺书》中认为"夫诗之气，一代减一代"；清代大诗论家赵翼在《瓯北诗话》（卷八）中说"诗至南宋末年，纤薄已极"；鲁迅先生在致杨霁云的信中谈到"我以为一切好诗，到唐已被做完"。

好诗"已被做完"，诗的时代渐行渐远，也不打紧。诗是自然之籁，追尚自然之境，我们不必刻意，不必"为赋新词强说愁"，但观身外尘，着我胸中云，让心中本真的溪流自然流淌，就行。

秦汉石

2024 年 2 月 19 日

•••••••• 目录

辑 3 / 拾起吹落的草帽

附：原序

后　记 / 233

辑 1 / 初春的窗户

（钢笔画 作者戏笔）

□ 初春的窗户

冬去春来

江南又绿

雨，飘洒不停

一窗窗的景色

开始绿了 绿了

黎明的窗外

总有些鸟儿在吟唱

千流百啭

轻轻拍打 晨曦中

荡漾的梦

风中摇的几株

杉树 樟树 青藤

是文明余劫后

可以鸣唱的

绿色家园

□ 人和时间

时间至深至浅

真力弥满

句意清圆

它是艺术的一半

另一半

是永恒和不变

时间多产

生活简单

净几横琴晓寒

梅花落在弦间

松花酿酒

春水茶煎

现代性的偶然

有多少流变

时间比人快

形势比人强

新鲜的

至今已经不新鲜

时间从来沉默

只有不断叶落

孤云和归鸟

一笑登临晚

茅舍可藏书万卷

人是第三种时间

□ 仰望苍穹

人得交游是风月

天开图画即江山

仰望 天宇苍穹

有飞霞几缕

收尽一天风和雨

云散月明难点缀

天容海色本澄清

那些垢藏于心的

恩怨情仇 名利得失

长烟一空 随云而逝

人生得意于两份作业

一份 源源不断的

创造力

一份 四季春风

好心情

数峰太白雪

一卷陶潜诗

窗外 一径野花

半圆明月

野趣丰处 诗兴自涌

清风艳阳引思远

思想疲乏的时候

就回归自然

□ 阳光与灯光

你对我说再见的时候

床前明月光

一天过去了

我对你说再见的时候

初日照高林

一天开始了

你完成一天的时候 子夜

我的书桌

总亮着灯光

我打开一天的时候 初晨

你已走入

金色的阳光

早安 一窗阳光

晚安 一桌灯光

阳光很温暖

灯光很宁静

朝朝夕夕

阳光和灯光

是日居生活的两极

阳光下 春夏秋冬

窗含远山多秀色

灯光中 古往今来

书发清香空人心

一声晚安

脑海的显示屏

总写出一串字符

一天又过去了

　　想一想 今天做了什么

一声早安

思维的键盘

总输入一串字符

又一天开始了

　　想一想 今天做些什么

白天

阳光　就是我的灯光

夜晚

灯光　就是我的阳光

阳光与灯光

是人世间　最美丽

的两种光芒

是生活的原色

　金色　橙色

都能洞穿黑暗

只要蓝天有阳光

就有

赤橙黄绿青蓝紫

就有

绿水青山　苍翠蔚蓝

芳草白云　夕霭暮岚

只要书桌有灯光

就有

柏拉图　康德　莎士比亚

孔子 庄子

杜甫 鲁迅

就有

青色原野 一望无垠

信马由缰 任我驰骋

上涉千年 旁骛八极

灯光下 宁静致远

有一卷在手

佐以一杯淡茶

偶尔走过 一道道

苔痕满阶的

　　文明风景线

与古今贤哲神交

灯光下 清风徐来

听一曲贝多芬

每一颗 星星

都送来一份遐思

对生活何须有

太华丽的奢望

只要窗户

时时飘入明丽的阳光

只要书桌

时时散发温暖的灯光

心里充满阳光的人

书桌总有一片灯光

书桌亮着不谢灯光的人

心中才会常驻阳光

我愿自己

心灵的窗户

永远接纳 生命的阳光

头脑的书桌

永远闪亮 智慧的灯光

你说 除了

　清晨的阳光

　晚间的灯光

我们还希求什么？

你说晚安的时候

星垂平野阔

月涌大江流

灯光陪伴我们

送走 一个个

橘黄的夜晚

我说晚安的时候

迟日江山丽

春风花草香

阳光为这个世界

开启 一个个

　　金色的黎明

□ 柏拉图

跨入这个世界的门槛

我忘了知识

   于是

   我回忆

看到七弦琴

我想起它 昔日的主人

灵魂经历了一切

   天上人间

   云游四方

   阴阳割分晓

看得越分明

越不明白

我捡起数学

捡起几何

犹如 躬身采撷

路边

灿烂的野花

□ 无 题

走入一片 树林

许多 许多问号

在生长

一袭白云飘来

我没有注意

海水蓝蓝

花儿 开得有些零落

太阳 总是变成

　　夕阳 晚照

我摘下问号

走出树林

不经意

抖落 一片片

　　苍翠的树叶

□ 夏日结束

我看见太阳的时候

它已不是原来的颜色

不知什么时候

太阳收去了

原有的射线

晒惯了太阳

我们皮肤 一直黝黑

既然气候

不再炎热

我打开衣柜

抖开曾穿过的 旧衣裳

镜子中

俨然有一个

穿衣的形象

余炽 挂在蓝天

还很权威

我拉一拉衣角

走出家门

□ 会 议

坐入一张椅子

我便是会议的成员

伟大开始了

无数杂躁的浪涛

　　WALL-TO-WALL

看着 一张张

热的脸庞

感受到生命流动

眼合了又开

嘴开了又合

这种面具

我见得多了

我知道

那不是思想的图画

　那是

一个个生灵的 记号

□ 午觉醒来

午睡醒来的时候
窗外已换了
一道风景

地上 长出了绿树
太阳不再炽热
清风 飘进了屋子
面对新的画面
我伸一伸懒腰

云无心以出岫
鸟倦飞而知还
昨天的时代
给了我困顿
我只能把困顿
留给 新的时代

□ 我尊重任何人

我尊重任何人
　犹如尊重
六月的天气

有云的时候
我不期待
优美的雨丝
太阳虽然灿烂
我不准备
　晒干昨夜
雨打湿的衣裳

斜风斜雨里
我学会了 勤换衣裳
　脱下湿衣
　挂在衣架上
这是一个
伟大动作

换上干衣

打开 我的哲学书

不管明天

天气晴朗

还是雨雪霏霏

□ 南方记忆

南方 是个小小区域

那儿有

一所杉林屋

那是曾经的

精神的驻地

云儿飘飘

浮云游子意

落日故人情

一朵白云 飘落脚下

我欲乘风归去

　　又恐琼楼玉宇

　　高处不胜寒

对于诗意缥缈

我习惯远距离欣赏

隔着窗户和栅栏

七月流火

　　忽如一夜暖风来

　　千朵万朵离散开

天际依旧

以后蓝天

又有了各色云彩

我发现

昨日的白云最美

云之聚合

只是 历史的

　　一次偶合

云之离散

却是永恒法则

悲剧才让人回忆：

三分优美

五分悲壮

二分惆怅

□ 清 泉

红匣子 飘出

　一段贝多芬

其音呦呦

其韵悠悠

那也是一脉

泠泠的清泉

炎炎赤日里

我站到了

浓浓绿荫下

只要世上

还有音乐流淌

我就能 抗拒炎热

燕处超然

是我的选择

　远循世俗

　并不是全部

那是音乐

告诉人的秘密

只要天宇

还有星星闪烁

就还有遐想

就还有诗意

只要世上还有女人

就还有美丽

只要心中还有十字架

就还有正义

只要耳际

还有音乐

夏日里

就有了 一片绿荫

我们的生存

　　也许就有了

哲学依据

辑 2 / 读浮士德

明霞散盉峰在天

（钢笔画 作者戏笔）

□ 读浮士德

我一直听不懂

浮士德与魔鬼签约

  所奏响的

那一段纷繁旋律

世人昭昭

我独昏昏

有一天 我看见

窗外的野花

  春风里 开得很认真

并且 有些神气

又听了 老白那一段

金玉良言

于是

我听懂了 这支歌

此中有真意

欲辩已忘言

浮士德与魔鬼的契约

是花与春天

　写下的协议

歌德伟大

只用一个寓言

便演绎了

人间 一切技巧

我与歌德会心一笑

理解万岁

我们都说

世人昏昏

我独昭昭

也容易

完成 一次

心灵的改造

□ 望见月亮和星星

我怀疑我是一头

来自北方的动物

　　否则　何以

常常嗅到周遭

团团世俗的热气

　　又何以窗户里

有警惕的眼睛

闯进陌生地

有一片异化

我怀疑　我是狂人

　　否则　何以

今天晚上

有很好的月光

路人都看了我几眼

也许我是个圣人

　　否则　何以

望见月亮和星星

何以不习惯

在平直的水泥路

长时间散步

不是夜晚 总是听见

旋旋律律

酣酣畅畅

  起伏不定的鼾声

□ 高山流水

喜欢高山

也喜欢小河

高山巍巍

是一种

对平庸的挑战

面对的时候

有一种感觉

什么叫 原本的大自然

小山小丘

缺乏精神

只是偶尔远足地

高山深壑 才需要

挥汗如雨

面对高山深谷

我总犹豫

　高山仰止 景行行止

其实高山很平常

　会当凌绝顶

一览众山小

小河潺潺

是深刻品味

卷起裤脚 赤脚蹚河

就是 一首诗

登山涉河

来去匆匆

人生原本如此

□ 假期归来

多少次踏入

同一条河流

来也匆匆

去也匆匆

这一回又跨上江轮

于后甲板

看海鸥群飞 大江东去

菁菁复旦园

生命之舟

休憩的 一湾

绿色湖岸

给一段行踪划出

　　新的两点一线

一切很简

简单 简洁 简练

今天 阳光灿烂
雨停方晴
目送塔影远去
我从逶迤龙山
回归精神家园

□ 五笔字型

韵味悠然的汉字

在五笔字型

拆分下

　落花流水

　　全不是滋味

这是现代

对传统的理解

技术对文明的肢解

一切都在解构

没有什么奇怪

□ 游 戏

昨天

孩子们的游戏

是春天里

飘得很远的风筝

今天

大人们的游戏

是心头

算不完的加减除乘

天上

上帝的游戏

是伊甸园里

1+1 等于多少人

地上

人类的游戏

是绿色的和平

红色的战争

还有

杂色的文明

和无数的折腾

□ 排　队

在上帝那儿

排过队后

我们来人间排队

队伍越长

票越珍贵

售票员 越春风

这是个盛行

排队的时代

却是一个

缺乏秩序的年代

长长的行列

是一种 意味盎然

也是有趣的

社会景观

望穿秋眼

能拿到钥匙

排惯了队

腿已不酸

表情 也已漠然

□ 小城远眺

江上小城

一横江岸

竖着一柄尖塔

两三烟囱

杂着高低楼房

离离江边草

杨柳排成行

灰白色的天

灰白色的地

灰白色的记忆

无论 这是一段

过耳的旋律

却难以丢却

昨日枯黄的履历

一方水土

是一种风景

很难说

美丽不美丽

好看不好看

生活的原野

徜徉着 玫瑰色

阳光地带

还有浅绿色的沼泽

□ 远 航

一线远岸

可以望见

轻舟已过万重山

前头阳光灿烂

一抹远岸

跃出地平线

昔日任重道远

生命之舟

何以泊岸

□ 桥的写法

一座桥

就是一种文明符号

早先的桥

也许最明了

简捷地 在两点之间

画下一横

于是 我们从

现实的此岸

　跨向

理想的彼岸

后来 小山村的桥

多半在桥身下

架起一个

草草潦潦的"A"字

再后来

赵州桥 卢沟桥

还有许多桥

写下一个个

经典的"M"

桥的写法

流行起了 英文字母

你看

江南水乡的桥

多半在

一域域水面上

悠然地写下

一个高高的"O"字

桥身弓成 一抹

美丽彩虹

上海豫园九曲桥

桥面在碧波的荷塘上

很耐心地

连写好几个"W"

因为 道路是曲折的

因为 曲径才能通幽

钱塘江大桥

武汉长江大桥

还有南京长江大桥

到底气魄大

一口气在桥身

规规则则地

排下长长"×××××××××"

近来 不知怎么了

返璞归真

都写起汉字了

黄浦江上轩昂的

杨浦大桥 徐浦大桥

还有扬子江上

铜陵公路大桥

远远望去

在宽阔江面上

都洒脱地写下

一个个"艹"

"草字头"

抑或是寓意

人类经由现代化

跨向未来的

　桥梁

头顶须有　蓝天

脚下当有　芳草

□ 江水漾漾

每回坐船

伫立后甲板

于江雨迷蒙中

看群鸥比飞

看壮阔波澜

凭栏处　雨潇潇

江风扑面

江天一色　涵容万象

上下混沌

气魄绝对壮观

入夜　有诗意一片

江枫　渔火　对愁眠

江流千年

悠悠时空无限

历史深处

是个朦胧的起源

远古风尘

流过三皇五帝

流过春秋战国 先秦两汉

流过唐宋元明清

万水千山

流到今天

苍凉江水

荡涤多少人间悲欢

浪遏多少

生命舟船

□ 冬天里

冬天里 不砍

一棵树

朔风吹落叶

并不代表枯

春天里 植下

一棵树

不管秋日

是否有丰收

等闲不识

东风面

才是春天的

一种输

□ 生活样子

对有些人来说

什么都是享受

一头牛

圈栏里关久矣

拖出来遛遛

那绝对是享受

铁路慢得

像牛爬

耐心操练得

如钢铁一般坚硬

后来提速了

据说这是

顾客的享受

生存境遇那么差

忽然上峰的手指

微微拨弄了几下

于是人们

又得了一次享受

长亭外 古道边

日常里 或意外

到处 都有享受

的确 呼吸空气

承受阳光

就是很好的享受

忽然明白

一些人活着

等同于享受

□ 你说得对

你说得对

已不是

十六七岁的小青年

爱得死去活来

何须爱上层楼

为赋新词强说愁

却道天凉好个秋

清辉的烂漫

是晨曦的伴唱

云彩下的午窗

接纳成熟的阳光

涓涓细流 也叮咚作响

横无际涯的水面

给出的

是平静的气概

夏的后面是秋

是否一江春水向东流

有兴何须酒

何须月当头

世界很精彩

同样很无奈

世界很多彩

同样很苍白

情感是一袭衣衫

得精心裁剪

理智的杀手

整装以待 剿灭

风风火火的流窜

没有

风急天高猿啸哀

气象报告：

多云转晴

有个蓝蓝天上

白云飘的明天

□ 风影入窗

重重叠叠

上瑶台

几度呼童扫不开

山中春兮

有鸟鸣

明月皎皎中夜来

才被太阳

收拾去

又叫明月送将来

今日欢呼

孙大圣

风影入窗又重来

□ 仁者之义

还是孔子伟大
他说仁者爱人

仁者爱人
仁者才爱人

爱人者仁
爱人者才仁

仁者人爱
仁者人才爱

□ 很想偷懒

很想偷懒

像一把二胡

在演出后

松开紧绷的弦

很想偷懒

像一只云雀

在蓝天里

飘出几种任性的圆

很想偷懒

像一颗流星

在夜色中

划出一条任意的线

很想偷懒

把笔直的

时间和规则

稍稍 弯一弯

□ 淋雨了

太阳也有下山的时候

每个英雄

都有他的滑铁卢

　小失小败

　小灾小难

　小悲小惨

是飘洒而过的毛毛雨

又算得什么

淋湿的衣裳

脱下　晾干

明天　后天　再后天

又晴空万里

大风车里转出

九九艳阳天

□ 偶像的倒塌

心中有一尊

金色披离的偶像

为守卫它的

　光辉和纯洁

我付出了

沥沥心血

　我是我心中

　偶像的俘虏

我是我心中

偶像的守卫者

有一天

我踏入一片

绿茵茵芳草地

一不小心 敞开

一隙心扉

有一脉春风

荡入胸际

那坚实的 坚实的

　偶像

风这么轻轻一拂

轰的一声 塌了

我惊奇

失望 痛楚

也杂着几分轻松

当最后一片

破碎的 瓦砾

被风卷走的时候

我决定

不再接纳

任何偶像

辑 3 / 拾起吹落的草帽

（钢笔画 作者戏笔）

□ 拾起吹落的草帽

拾起风吹落的草帽

风依旧飘飘

春日里

还有没有歌谣？

肩上是谁的背包

我不知道

拾起风吹落的草帽

风依旧飘飘

夏日里

是否只有雪糕？

红绿灯后走哪条道

我不知道

拾起风吹落的草帽

风依旧飘飘

秋日里

还去不去登高？

昨天为什么迟到

我不知道

拾起风吹落的草帽

风依旧飘飘

冬日里

还有没有雪飘？

明天还有多少赶考

我不知道

□ 文明美丽

清晨为什么美丽

浅的云霭

深的呼吸

旧的星光

鲜的空气

青春为什么美丽

黑的飘发

红的唇仪

哭的眼泪

笑的游戏

生活为什么美丽

忙的劳作

闲的休憩

新的诗句

旧的日记

生命为什么美丽

金的阳光

银的月熠

冷的风雨

暖的友谊

乡村为什么美丽

直的炊烟

曲的涟漪

静的远山

响的小溪

城市为什么美丽

光的流线

车的话语

杂的广告

闹的歌曲

文明为什么美丽

布的衣裳

纸的钱币

真的假发

假的真迹

今天为什么美丽

秋的天空

春的草地

浓的心境

淡的回忆

□ 星和月

天上星

亮晶晶

浮在夜空中的明月

像打了光似的

一弯冰块

星星离我很远

你离我很近

可是 可是

我与星星 很近

与你很远

□ 黑色雨伞

雨打湿了

黑色的雨伞

霓虹灯 在夜空里

闪了又闪

都市人少了

白云和蓝天

夜晚的灯火

依旧璀璨

头顶的星空

越来越遥远

身旁有了

太多的 灯盏

劳动号子

回响已变淡

文明的噪音中

没有了长吁短叹

赵州桥下 曾经

鱼翔浅底

碧水涟涟

立交桥的画面

车流里 有蓝蓝的烟

一切都在改变

苍茫的原野

长不出新的野草花

飘散一地

文明的碎片

无论雨水

是否依旧甘甜

现代人心中

都擎起了 一柄

黑色的雨伞

□ 岁月的篝火

怀念 是孩提时
听过的歌谣
是田野里
带过的草帽

怀念 是春季里
走过的路桥
是夏季荷塘里
嬉戏的澡

怀念 是秋季里
新添的棉袄
是冬季里
窗外的飘雪

怀念 是年迈时
重阳的登高
是岁月的篝火
红红的燃烧

□ 心灵的停机坪

每个人的心灵
有一座停机坪

心灵跑道很长
一旦长满杂草
银燕的翅膀
就找不到着落

我想给心灵
修建一座
宽大的停机坪
有更宽阔的跑道

无论 春夏秋冬
跑道畅通
可驻留岁月的起落
有更多的机翼

□ 看电视

今天晚上

很好的月光

坐在电视机前

是飘远的心翼

看电视

人人操练的技艺

一种生存符号

今晚 我来实习

彩色画面的屋檐下

你能不能逃遁

一种生活逻辑

还有 现代时间消费

漂流中的我们

支付了奢侈大方

我们只需要游戏

文明中的心废

我宁愿玩另一种游戏

黑白的形而上

扁舫一叶　漫漫远航

朝着阳光开启

□ 蛋糕盒子

吃完蛋糕 剩下

一方精美的盒子

扔掉的时候

感情说 别扔

它装过那样好吃好看

的大蛋糕

意志说 扔了 扔了

我缺乏选择

有个声音告诉我

记不记得 装过莎士比亚

全部天才的身体

不也扔了吗

装过王尔德 贝多芬

装过白居易 苏东坡

装过鲁迅 孙中山

的那些身体

不都扔了吗

承载过无数生命绿叶

的参天大树

都成了农夫灶中

燃烬的柴火

时间一到 所有盒子

都得扔掉

没有情愿不情愿

没有选择不选择

蛋糕 留给现在

盒子 扔给虚无

"今晚垃圾车来的时候

记得把它扔了"

有个画外音说

□ 中国定义

中国是

黄皮肤 黑头发

方块字 线装书

是长江 黄河

长城 紫禁城

是敦煌莫高窟 苏州园林

　长袍马褂 旗袍 中山装

是铿锵的京剧缠绵的梁祝

中国是

咸的粽子

甜的汤圆

辣的茅台酒

是中秋的月饼

过年的饺子

结婚的喜字

节日的灯笼

中国是

诗经 楚辞 史记 红楼梦

唐诗 宋词 汉赋 元曲

中国是

孔子 老子 苏东坡

秦始皇 鲁迅 孙中山

中国是

紫砂壶里

绿意漂动的茶叶

是景德镇

珠圆玉润的瓷器

是宣纸上

韵味悠然的山水

是千门万户

鲜红的春联

中国是 河流上

三三两两的石拱桥

是现代马路上

千军万马自行车

是昔日的都江堰

是今天的葛洲坝

中国是

奇石飘云的黄山

碧波荡漾的西湖

是严阵以待的兵马俑

是绿荫掩映的少林寺

中国是

行楷隶草 文房四宝

太极八卦 阴阳五行

是气功武术

是十八般武艺

中国是 天宇上

嫦娥奔月 夸父追日

是腾云驾雾的孙悟空

是不阿私情的包青天

中国是 村落中

高高低低的茅屋

和温暖的土炕

是远远可望的

一缕缕 袅袅炊烟

中国是

美不美 家乡水

亲不亲 家乡人

是"你吃过饭没有"

的问候语

是"哪里哪里 不行不行"

的客套话

中国是

积淀深厚的皇权观念

内圣外王的伦理道德

只患不均的均衡主义

求稳怕乱的社会秩序

中国是

连绵不断的农民起义

功败垂成的戊戌变法

石破天惊的五四运动

澎湃世界的改革开放

中国是左

是改革难

是"出头的椽子先烂"

中国是

四个现代化

四项基本原则

四有新人

中国是

昨日 灿烂的历史

明天 美好的世纪

中国是

已经醒来的雄狮

行将飞天的巨龙

□ 听音乐

以前 我以为自己

很懂音乐

听惯了英雄赞歌

有时余音绕梁

三月不知肉味

有一天 我发现

那些动人旋律

掀动我无数次

情感波澜的曲子

原是一些

游戏的 NOISE

以后再听各种

美妙的曲调

　　眼眶里忽然

没有了眼泪

□ 阳光通道

临近中午时分

走过一条 阳光通道

山花渐欲迷人眼

　近的烂漫

　远的浪漫

春季的翠绿

　可以写满

　每一页 心笺

□ 听时光流淌

月光下
拿一把竹椅
　坐到窗前
听月光流淌

也听见
一种水流
那是时间的脉流
在叮咚叮咚作响

时间有三种型号
同一种流动跑道
一脉脉的
是不同的声响

时间的一头是虚无
涓涓而来
时间的一头是大荒
涓涓而去

辑 4 / 被雨水洗去的夏

（钢笔画 作者戏笔）

□ 被雨水洗去的夏

夏天 被雨水

一点点地洗去

秋天来了

然后

秋叶 被朔风

一叶叶地剪去

冬天来了

再后来

冬日的残阳

在雪花中

渐渐暖融的时候

春天来啦

□ 大工地

上海滩是一个
搭着五颜六色积木的
大工地

许多戴工帽的大孩子
搭出许多体积庞大的
几何图案

林林总总
新积木
耸立起来

图画越来越新
历史越来越旧

□ 一本线装书

坐在大窗户下

翻开一本

褪了色的线装书

读了挺长时间

在歪歪斜斜的

真谛里

我糊里糊涂

读到了对生活

方方正正的

注释和演绎

有一页 演绎人文

战争的景观

枪杆子里出政权

和平的景观

数字里面出干部

有一页 演绎腐败

公众利益

化为私利

忽如一夜春风来

是一种伟大魔术

有一页 演绎权力

权力是可以

击败真理的神奇力量

有一页 演绎小人

小人是做大官

概率极高的群种

有一页 演绎能力

能力是一种

危险素质 强度越高

风险越大

有一页 演绎平庸

平庸是

成为不平凡的

杰出素质

有一页 演绎卑从

适时卸下思考 或者

腰部自动弯曲

的一种程序

有一页 演绎阿谀

它是打开

一扇扇房门的

金色钥匙

有一页 演绎人才

这是一批批

历经磨难

的落魄社群

读的有些腻

合上书 我扬了扬头

去读另一本

有封面的书

□ 旧照片

翻开旧照片

看到昨天

照片三分新

人已七分旧

人是世界上

最容易陈旧的物品

因为 它在

太阳底下陈列

青春 不堪洗涤

春风秋雨 轻吹微拂

门前的春联

便没了容颜

天空依旧蔚蓝

阳光晒褪一切

□ 风也老了

从清

到浊

到沉

风老了

从蓝

到黄

到黑

水老了

从甘

到涩

到酸

雨老了

从石器

到矛枪

到核武器

人类老了

□ 春偶拾

倩女们 演绎

色彩的春天

一团团的

春和景明

向路人挑战

这世上 如果

没了绿叶和女人

四季是不是

就被剪去了

色彩和春天?

□ 一帧照片

旧身体
站在
新绿前

在相机里
定格成
一张新的
季节图

□ 无 题

世上没有

可怜之人

因世上没有

关于可怜的

那个定义

世上确有

可怜之人

因自己 可以

确认自己

是不是那个

可怜之人

□ 历史和现实

辨不清 历史中人的

张张脸面

因为 距离太远

只瞧见

一舀舀污水

湿透了

许多人的衣衫

一晕晕光辉

照亮着

一些人的双靥

分不清 今天人的

芸芸脸面

因为 距离太近

只是偶见

一片片汗水

浸透了

许多人的衣衫

一团团火焰

点亮了

许多人的双眼

□ 时间无敌

英雄气短

儿女情长

英雄和美人

都是一枚

历史童话

他们都有

一个

永远战胜不了的

敌人

那就是

时间

□ 辟一湾心湖

今天拥有

一种自由

在无法改变的

季候里 辟一湾

清澈的心湖

不用换去外装

可以拥有

一份

天真的 笑容

不喜欢外面

可以回家

不想生活

可以生存

□ 野 火

嫉妒有多种写法

却只有一种品格

一种邪恶的伟力

一朵耀眼的

恶之花

人性里一旦

发起这种高烧

就会烽火燎原

把有价值的东西

毁灭 毁掉

妒忌者嘴角的冷笑

足以冻结

奔腾的春水

眼中的热火 足以

变成红薯的熟烤

妒忌者守着荒原

敌视一切

大地的芬芳

自己酣睡的时候

不喜欢他人起床

恶对善的毁灭

都有一个

美丽的名义

手头

都有彩旗飘飘

战争的兵火

焚毁了

文明家园多少

人性的兵火

焚毁了 真善美多少

这当中

能量多大

当量多少

如何统计

谁人知晓

□ 河水和河岸

河水　朝朝夕夕

在河岸的相对中

源源混混

汩汩潺潺

时间是亘古的河岸

生命　在河岸挟持下

是一脉潺缓的水流

水何澹澹

生命永恒

在于时时更新

万千波光粼粼

笑对河岸

生命若逾出界点

整个自然世界

除了日薄西山

还剩下什么

只有永久的
季节更换
没有永恒的
生命春天

高贵的星星
也不断陨落
浮萍也似的生命
又算得了什么

河水与河岸
是哲学的自然

□ 回 家

在凄风冷雨

的旅途上

家是 袅袅升起的

一缕炊烟

在茫然四顾

的深夜里

家是 远方闪烁的

那一盏油灯

是清晨雄鸡的啼吭

是吱呀一声的柴门

是午后绿杨荫里

那只凉床

是春燕翅膀 掠过的

一片彩云

家是初春三月

小桥流水和

一径飘远的小路

是盛夏时节

一方幽香的荷塘

家是秋风里

远远望见的

一张归帆

是冬雪中

一轮暖暖夕阳

回家 是我们

嚷了几千年的主题

田园将芜胡不归

池渊是鱼的家

白云是鹤的家

茅檐下

半开半掩的木窗

是晓月的家

回家 载欣载奔

篱门外那一树桃花

就不再匆匆

谢了春红

黄了秋风

一炉炭火

一杯热茶

足以给远归的游子

一身温暖的慰藉

无须太客套

一声问候

一个微笑

足以给倦飞的归雁

一片温情的绿叶

朝霞瑰丽的 早晨

家是山边

一泓清水

夕阳如火的 傍晚

家是路边

那几棵熟悉的

树影婆娑的梧桐

辑 5／阳光的味道

青山秀境　人家平和智慧福

（钢笔画　作者戏笔）

□ 阳光的味道

晒过的被子

散发习习清香

那是 阳光的味道

阳光

洒在鲜花上

是芬芳的味道

阳光

洒在田野里

是泥土的味道

阳光

洒在橱窗里

是色彩的味道

阳光

洒在脸庞上

是笑容的味道

阳光
洒在心田里
是幸福的味道

□ 雨 夜

雨不停飘洒

清洗都市浓郁的繁华

胸前的领带

成了一席

潮湿的 潇洒

身旁巨大的存在

叫大厦

穿过 十字街口

前面霓虹灯很杂

疾行的汽车

溅起 片片水花

生存的门槛 是一个

巨大的框架

从哪里来

到哪里去

Modern people are always in a rush

□ 无 题

男儿有泪不轻弹

只是未到伤心处

可是 满世界的

轻浮 漂浮

我们滑稽

都来不及

哪来机会

让你落下泪来?

□ 都市街道

天宇飘来

丝丝细雨

轻轻润湿了

都市

光色杂乱的繁华

天空 有些陈旧

我们的心

都有些潮湿

skyway 率直地

在蓝天与街道之间

划出一条 长线

那也许

是一个

生存符号：

现代就是直线

直线便为现代

□ 城市夜色

城市 是一位

打扮花俏的丽人

鲜红的霓虹灯

是她的口红

白天她一袭白纱裙

三分飘逸 七分疲惫

没有涂抹

裸露 苍白的本色

夜晚 城市有了灵魂

黑纱裙上

点亮了

忙碌的珠光宝气

城市有许多秘密

需要夜晚来演绎

城市的个子

越来越高

有了需要减肥

的体积

城市的本质

是拥挤

花俏 是城市包装

一个平庸的真谛

城市 演绎着现代

城市有

另一个名字

叫领新标异

□ 是个艺术专栏

听不懂你的话

因为你的语言

太普遍

我只能听懂

你自己的话

话有多种说法

说话是说话

不说话也是说话

陈述是说话

复述是说话

表情是说话

没有表情也是说话

我不习惯

廉价的掌声

不习惯

表情过于拥挤的笑脸

也不习惯太说话

缺乏意义的时候
走进了
缺乏意义的门槛
不懂友情演出
却成为
美丽行为艺术的
群众演员

人刚笑过别人
就赢得了别人
更灿烂的笑声

也没什么奇怪
Take a ride
本来就是一个
艺术专栏

□ 哲学与诗

哲学与诗

都是极致的本质

本质

是不能修改的

不疯狂

就不是李白

就不是雪莱

不癫狂

就不是叔本华

就不是尼采

诗是魔鬼的药酒

是哲学的开始

也是 哲学

最后的终端

□ 我不是一个赶集者

我不是一个赶集者

只会坐在

一棵树下

看鸟飞鸟落

风来云去

昨天

外面热闹

我推开窗户

瞧了瞧

没见太多的什么

只有历史小河边

孔子形单影只

飘动着一袭

老式的衫衣

风里 雨里
可以听见
长长短短
历史的喟叹

□ 话在说你

你以为你在说话

其实 只是

话在说你

你以为你

参与了社会

其实 只是

社会参与着你

□ 牧歌回响

春天 过去了

牧羊歌是以往时代

残破的回音

牧歌的闲适

是一片回忆

和茫然

三径就荒

松菊犹存

遥望南山

何处采菊

今天是

工业化的盛夏

天气太热

我们太渴

太多的光和热

人们寻觅清凉世界

要在心灵深处

凿一处泉眼

冬天 是不是一个

清醒的时代

白雪皑皑

我们肯定会更有

季节的怀念

拾起一片 尚有

余色的落叶

把春天的故事

夹入 书的中间

便任它云去风来

□ 鸟儿飞过

鸟儿已经飞过

大地唯余茫茫

一切都已知晓

没有什么可说

灯光影彩

阅读完了

在滚烫的氛围里

心可以冷下来

处处热闹

和看热闹的人群

何处有一隅

看苍穹的地方

你说住人一个

方格子里

置身一个生存符号

人当怎么活

陶渊明时代

有远眺的南山

这里或者 无论哪里

你怎么办

一潭涸水 显露底部

一个大剧场

可惜我不是好演员

给不出一脸灿烂

红红绿绿是街面

人对流行色

兴味盎然

我不太喜欢

羡慕阿Q有一处

宁静的破庙

可以枕上手

吴妈浮想联翩

我们的表情

不属于自己

我们的表情

属于一个时代

□ 春天话语

飘长发的
是女孩

风拂起了
一帘黑发

同样可以
诠释一种
风中的春天

□ 希里小岛

希里岛 或许
永远是一个
陌生的地方

因为
我对它太熟悉

有一种
需要点头的
历史和文化

我缺乏一种
兴趣
去领取入场券

□ 梦醒与否

美丽的女人

给出一份心仪

美丽的目标

也给出一份心仪

美丽的女人

在水一方

美丽的目标

在水的远方

□ 月亮和纽约

月亮远

还是纽约远

纽约有忙碌的

北京人

联合国总部

有飘扬的彩旗

去纽约路上

有许多

穿越云层的

来去航班

月儿有心灵航班

有玉兔和老槐树

吴刚捧出桂花酒

有贝多芬和月光曲

明亮如月

纽约 明暗参半

月亮 诗和音乐

可以见到昨天

月亮抬头能望见

纽约抬头看不见

赴一趟月亮很近

赶一趟纽约却远

辑 6／节日 就是打一个空格

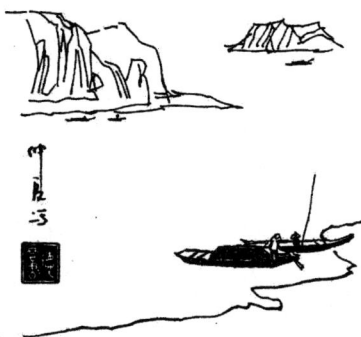

（钢笔画 作者戏笔）

□ 节日 就是打一个空格

节日 就是在

忙碌的生活键盘上

打一个 空格

街边店面关起来

各种彩灯亮起来

城市的心跳减慢

分贝降低

人们换下工装

妇童换上新衣

就有了一种氛围

一种国泰民安

只要有闲暇

厨房就有忙碌

有清澄的啤酒

就听到 餐桌的笑声

有一种 生活艺术

可以推荐

也许中国人

更适合让他们过年

几个空格 可以

消弭情绪的密集

春风可以

吹走一切异端

□ 读书思绪

书生事业真堪笑

忍冻孤吟笔退尖

街灯亮起来的时候

可以远望

窗外的社会

人在观灯

我在读书

每个人都进入

一种轨道

按设定滑行

节日真好

有热闹更好

世界就有看头

我是这种点缀

回首一眸的

鉴赏者

人是第

□ 无 题

谁安排出

这样一种奥秘的

天体秩序

天上的星辰

还有月亮 太阳

还有公式和科学家

我们在

家庭作业簿上

做过演算

有耀眼的光芒

却找不到演算的

定理和公式

是第三种时间

□ 来到打谷场上

人类一思考

上帝就发笑

老子说

不要玩小聪明

要弃圣绝智

我们思考过几次

发明了

塑料袋 原子弹

还有克隆

上次我们走出了

景色好看的伊甸园

来到了打谷场上

后来 通天塔矗立

拔地而起

我们开始背单词

考四六级

这回我们的思考
增加了新刻度

我们还准备了
新的演出
新的精彩
和新的气力

□ 时代与思想

时代的思想

是不要思想

思想家

有了工夫

看功夫片

我们进入了

全新的

唯物主义时代

一行行 精神的鹤影

已经飞得

很远 很远

□ 一种过程

一切都是暂时的

太阳一晒

都会褪色

书架上的书

码得再齐

最终还得撤下

每一幕剧

都在谢幕

一切都是过程

今天的梦

童年时代

已经做过

男孩是明日的老翁

老人和孩提

是时间和哲学的等同

一切生命
都是本原
或急或缓地流动

太阳每日升起
变动的
只是我们自己

□ 我 们

面对虚无

生活已经

撤下坐椅

有的落幕

葱郁褪去

精神家园

今宵酒醒何处

接受时代训练

人按实际

估量事物

地表晃动

我们一边生活

一边欣赏

生活中的自我

我们头顶

是意识飘过的云

我们会怀疑

每一种解释

我们改变世界

灵巧的双手

又似乎

干不了太多

生存者都陷身于

美丽的旋涡

看谁挣扎得更好

姿态更优美

时代分崩离析

杨柳岸上晓风月

今天的日子

昨已开幕

□ 宿舍

一茬茬的新生

放下行李

便有新书

码上书架

书桌亮起灯

朝气充盈书屋

欢声 笑语 喧闹

这是一种壮丽的

入城式

地球转了几下

书从书架上撤下

毕业论文

打工 谋职 告别

一出出节目

气吁吁的演出

劳燕分飞

还是一种

掉了色的荒漠

而后 书架上

又码了新书

又有人走入房间

开始新的忙碌

书桌又亮起夜灯

老生走了

新生来了

忙碌的兴致

语言变得迂阔

宿舍依旧

书架时新

铁打寰宇

流水人生

□ 生活的底蕴

生活是一溪淡云

平平淡淡才是真

但我们是一道

平凡不平淡的彩虹

时间悄然离去

如果脸上

丢失了智慧的笑容

那就 进入了虚无

青春是一张

没有底片的照片

只能珍藏

无法冲洗

智者 就是看着

时光的流水

挟着红颜青丝

还有皓齿精力

涓涓奔走

还能打出一手

漂亮的 水花

看着岁月这架犁耙

在光亮的额头

犁出一道道沟痕

洒下一曲曲涟漪

我们会心一笑

不流于浓艳

不陷于枯寂

水清则无鱼

人察则无徒

面纱抑或是心理需要

拂开面纱

本质露出嫣然一笑

人人都在忙碌

我只找一隅静处

看熙熙攘攘的赶集

□ 走过草坪

晚上 从水房

打水回来

踏上草坪

踏出一条直线

生活中弯曲太多

直线的选择

也越多

生存是一脉溪水

蜿蜒曲折

人们都有了

选择的本领

在几点之间

踩出一条条直线

□ 意 象

远古的太阳

照耀在今日

干枯的大地上

古人是一个

永久的意象

诠释着

今天 明天 后天

□ 茶馆和末庄

无论 阿 Q

是 QUESTION

是胸前背后

拖着风尘的长辫

抑或阿桂之类

可以肯定

阿 Q 是我们的兄弟

华老栓和夏瑜

就是华夏精神

现实被传统

拴得很紧

革新之瑜

也的确脆弱

华氏茶馆和末庄

是酿得很陈的

陈酿社会

绿色是庙宇外

一畦农田

抑或还有华老栓

冲泡茶壶时飘出的

一袅热气

康大叔口沫横飞

有精彩的演说

赵太爷有杠棒

以及不准革命的律令

华氏茶馆和末庄

光线很黑 闪亮的

只有华老栓烘烤

人血馒头的灶火

和吴妈纳鞋底时的

一盏 斑驳油灯

末庄 就是末世

世上要有些亮色

于是 鲁迅凝聚心智

化出一只 彩色花环

献给毁灭的价值

这一笔沉重

也很无奈

流萤飞灭 星星点点

可听得花环里

一脉无声的心响

□ 上帝语言

地球加快旋转

一切同步加速

没有例外

生命迅捷

结成果实

又迅捷凋谢

我曾把秘密

告诉朋友

他庄严地

摇了一下头

眼前飘过茫然

昔日的早晨

花叶上的露珠

滚了很长时间

而今收拾好早餐

太阳业已西偏

过去黄昏

是个很长时段

大观园的诗社

林妹妹 宝姐姐

可以写很多诗篇

今天的黄昏

不敌车灯车喇叭

慌忙一闪

过去有漫漫长夜

而今春梦无限短

虽然无人知晓

感觉一地鸡毛

人类老顽童

上帝新设规

你是否可以读到？

□ 关上读书灯

关上读书灯

一身都是月

借清凝的月光

可以交际一百个

时间天使

丢开一本本

要读的书和

要写的书

忘记亚里士多德

忘记伏尔泰和鲁迅

在心头 开垦一处

庭院 摆上一套桌椅

悠然地 同时间

喝咖啡 聊天气

或者打保龄球

□ 历史诠释

不是三天一新衣

就不是

历史小姑娘

现代人是她

日益权威的家长

诠注历史

是今天人的特权

历史的梳妆台

闪亮着

今天的灯芒

历史学家

还有验尸官

匆忙翻寻着工具箱

过去一切

只是今天的对象

每一代人

都有说法

各有版本

没有一种美丽

是最后的力量

□ 我们知道

苏格拉底说

只知道一件事

自己什么都不知道

孔子说

知之为知之

不知为不知

是知也

今天我们知道

知识爆炸 抽屉里有

硕士 博士 院士证书

有渊博的自豪

很多我们知道的

其实并不知道

很多我们不知道的

应当知道

不知之无知

是无知的平方

肩负沉重的

知识包裹

贫乏的有识

还有 无知的丰饶

□ 心灵是座城堡

每座心灵城堡

都有一条

长长的护城河

走入心灵城堡

要经过

长长的吊桥

哪天是

这座心灵城堡的

开放日

只有阳春三月

风和日丽云霄

才是这条小桥的通道

□ 休谟的智慧

纵然我们

注意到了身外

浪漫的 想象

又飞到天际

一直到 宇宙尽处

我们却一步

也没有

超越自我之外

任何一种存在

只是一朵飘忽的云

反省一下 会看到

这个屋

那棵树

都是一份心中

优美的感觉

□ 思想之歌

思想是一首

自由的浪漫曲

可以作

空灵的翱翔

它可以

在很窄的范围

以心力和创造力

推翻固有的墙

可以把感觉 把经验

还有五彩缤纷

增加 减少

综合出无数创造

□ 坚实的房子

人人都想有

一所 坚实的房子

走入一种保护

许多时候

拘囿 因为房子

快乐 因为房子

走入房子

蜷伏心头的惰情

还有傲娇

围困活跃的灵魂

挡住徜远视线

夜雨敲窗的夜晚

我们蜷缩于

温暖的屋里

拥一床软衾

做懒散的美梦

失去了 雨打芭蕉
水漫脚背的意趣
也没有了
门槛外的电闪雷鸣
天青和自然绿

生命 是一次次
从一所房子
走入另一所房子
房子是物质的
也是精神的

再完美的房子
建成之时 就已落伍
世上没有一所房子
可以包容万物
巍峨千古

不要迷恋房子
房子再好 也是
一种空间的限定

□ 绿 水

伫立岁月窗前

所有的风景

都有些陈旧

孤村落日残霞

轻烟老树寒鸦

一点飞鸿影下

四季轮回

如一本经典老书

复习了很多回

流光容易把人抛

红了樱桃

绿了芭蕉

生命的意义是什么

也许是

绿水罢了

绿水罢了

□ 醉人的酒

这个世上
醉人的酒太多
我们都是
醉眼蒙眬的醉客

醉心于寻找
再寻找
所遗忘的 恰是一枚
沉重的自身

酒的度数
是醉客的路数
人人都要赶路
顾不上有没有光曙

行旅途中 休憩时分
要检阅一下自身
还要看看
脚下的漫漫路途

辑 7 / 只要天色蔚蓝

（钢笔画 作者戏笔）

□ 只要天色蔚蓝

只要我还有一双

明亮的眼睛

这眼睛里

一定装满了

如洗的碧空

一定有

芳草和白云飘过

只要天色蔚蓝

瞳仁里

就会有

亮点跳跃

人生就有光芒

已逝去的

无数遗憾

点缀过平淡

涟漪过后

仍余韵点点

只要天色蔚蓝

无须昨日的

回味无穷

只需今天的

顺其自然

□ 旧玩具

小时候的玩具

留在了箱底

昨天 偶尔翻出

看到了

旧时的童趣

乘旧式的小火车

驶回了童年

荷风送清气

竹露滴幽香

远山芳草外

流水落花中

玩具

的确很老了

在华丽的世界中

是一种

无足的轻重

与五光十色相较

是旧时代的简陋

新玩具

很花俏

旧玩具

多青色

新玩具在陈旧

旧玩具

不会褪色

□ 心头的尘埃

快乐的敌人
与其说是刀兵相见
不如说是物欲软套

耗散生命热量的
不是灰色的悲剧
而是玫瑰色的各式诱惑

人筋疲力尽的
不是明火执仗的敌人
而是名缰利锁的纠缠

楼道好扫
心头的尘埃最难拂去
最难的 是人自己

太阳每天升起
从镜子里
瞭望一下自己

□ 篮子里

夕阳溶溶

老翁哼着小曲

提着沉甸甸的篮子

走向归途

晨曦中一心向往

捡满贝壳的

小男孩

装了一篮子的羡慕

很长时间了

我们都想提一篮

最完美的贝壳

从孩童到老翁

怅惘的我们

拖着长长身影

提着篮子

在太阳下 孤独寻找

中午时分
是个喘气季节
好吧 既然来了
就别让篮子空着

□ 彩虹和黑白

时间风化

一去不返

现实被手指 轻轻一点

彩虹碎了一地

知其白 守其黑

为天下式

平平淡淡

从院子里走出

头顶 是一片

明净的天空

□ 枯 黄

风乍起

吹皱一池春水

卷起 一团团的

叶儿们

时卷时翻

时高时低

时疾时徐

时沉时浮

很多表演

一会儿是正

一会儿是反

的确 我承认

黄叶有

它们自己的

春天

风力减弱

黄叶们

一片一片又一片

飞落黄泥皆不见

风又起

叶叶枯黄复翩跹

好风凭借力

兴会更无前

□ 查字典

生命遇上异迤

读不懂的时候

记得要去

查一下 字典

逝去的岁月

有时会变成一把

锋利的刀 在心头

剜出鲜红的血迹

"你查字典了吗？"

若有人问

要记得去

查一下 字典

我们一直以为

读懂的那些字句

或许

还有另一种读法

当字典不通的时候
再去查一下什么
常识 抑或
还有历史的经验

□ 风之三题

（一）

浅蓝色的空旷

掠起一阵风

懒散的白云

向天际深处 悠然滑行

而后 它又去扰乱

柳丝的宁静

揉碎落叶的心

然后 匆匆地

再也寻不着踪影

（二）

风是秋色的使者

努力洗刷着

春树的绿

听一声声

　一阵阵

沙沙的叫喊

（三）

蓝的——白的

天空不断变换颜色

白云涂满蓝天

蔚蓝更加蔚蓝

是谁给了这

偌大的虚空世界

这样一种装扮

□ 大超市

社会是个

人头攒动的

大超市

你可以从货架上

取下需要的

各式货品

只要 你肯付出

性情这张

硬通的钱币

□ 南区食堂

食堂颐养生命

也锤炼意志

去一次食堂

意志的硬度

就提升一分

虽然 今天

又有一幅

亮丽的横幅

横挂中央

"你好，新同学"

案上的饭菜

是厨子们

新写的打油诗

落花流水春去也

秀色可餐

□ 南区阿姨

南区的风景很美丽

南区的阿姨很淘气

颠颠的小脚 圆圆的身体

嘴巴特别麻利

闲来翻言情小说

忙时哼流行歌曲

关心张家长 李家短

六楼的老黄 今天去了哪里

兴趣点 是小道消息

无话说的时候

会和蔼地

问一问天气

戴红袖圈的老太

眼神里写满警惕

传呼电话的阿姨 掌握着

许多人的秘密

要是话筒那头

传出女人音讯

那是一大堆的 W W W W W

或是 1 2 3 4 5 6 7

列入侦破课题

看楼阿姨 打扫卫生

除了身材

哪儿都像林黛玉

抱怨垃圾太多

爬不动楼梯

一旦废篓里

有易拉罐 废报纸 废书籍

忽然得了气功

一阵风地卷下楼去

废品站里耐心地

计算分分厘厘

Believe it or not

南区的风景很美丽

南区的阿姨很淘气

□ 生活一瞥

生活 不是一马平川

山有迢迢

水有潺潺

生活 不是花园漫步

依着曲栏

夕阳余晖里赏秋海棠

生活 也不是一瓢美酒

可以斗酒诗百篇

只有对饮成三人

生活 是无解的答题

无字墨的哲学

是漫丽的光束

若能把生活过成

雨后青莲那样

不染不濯 何须争春

只就万里听磅礴

□ 天地玄黄

石头落在地上
寻找 世界的中心

人是个意外存在
衣橱开着 厨房亮着灯

亮光和太阳底下
有辽阔的农田

田野过去的历史
长着蔓草 风吹草低见牛羊

庄稼现在的历史
一半是自然 一半非自然

天地玄黄 世界两分
一半读上帝
一半读自然

□ 剧 场

当大多数人

都上台的时候

谁也不可能

安坐观众席上

除非 除非

你不进入这个

彩色华丽的剧场

歌德说

或者还有谁说过

生活没有旁观者

老砀说

上帝发出的

是一张

不可退票的入场券

□ 颜 色

不相信永恒

但相信永久

至纯很难

至真可能

封面褪色

衣裳褪色

蓝天不会褪色

阳光也不会褪色

真善美

是蓝天

是白云

是阳光

是了 是了

如今全世界

流行色就是褪色

又奈之如何

辑 8／雪花轻轻飘

（钢笔画 作者戏笔）

□ 雪花轻轻飘

雪花轻轻地飘

倩影盈盈

吻着梅花

吻着树叶

吻着小草

忽有几片似素蝶

随着炊烟缭绕

雪花纷纷地飘

乘着朔风

涂白山峦

涂白田野

涂白小道

疑是春风吹梨花

化作漫天琼瑶

雪花静静地飘

化作清溪

流过村庄

流过田头

流过小桥

万涓千脉奔远去

引来春色娇娆

□ 黄昏景致

夕阳 当它接近

那低垂的

无尽山岳时

熠熠的光芒

像是一位老人

凄苦的笑脸

□ 石牛古洞

空山静谧

悠悠隐隐

几声鸟鸣

响于烟林深处

觉淑在望

翠竹掩映

春水一脉

急急忙忙

三弯四曲奔流去

青牛长卧

蹄痕三分

鬼工奇石

千姿百态

有几处欲发崩裂

彩云空咏

凌波漫赋

挥洒多少闲情

都留于西风残照

遥想东坡当年

短歌一首

鲁直坐石

书声琅琅

又有公麟先生

仙风道骨

泼墨泻情

其淡如云　其趣如潭

千载遗迹

流云经年

书写多少

春风秋雨磨蚀

又有多少

历史戏剧落幕

还有一地的古色斑剥

□ 春晨记

紫藤老树绿生梢

池塘映天晓

轻雁点点自南来

行人匆匆总是早

飞雨润青苔

清溪分流过小桥

片片红晕何处来

杜鹃山头妖娆

□ 栖霞山

登高望远地

纵目几万里

环宇空阔江天远

红日照天地

风光尽眼底

群山齐凝碧

青梅煮酒已往事

英雄人万亿

□ 江边夜色

习习凉风

在身旁滑过

很远 灯火依稀闪烁

江水如野马

奔流中

画出许多漩涡

明月一轮

傲然地

挂在浩瀚苍穹

流光正徘徊

江面荡漾起

无数银光金波

可以听见

一种声音

那就是 宁静

还可以仰见

玉兔先生 在老槐树下

认真的守窝

□ 漫春前

风刮了一天

还在刮

演绎青萍末的佳话

雪下了一日

仍在下

重开寒江雪的图画

大雪无声悄然下

疾风有劲

吵闹人家

睡意中只听得

窗外 风鸣雪哑

为什么 为什么

三月漫春的前面

总是风雪交加

□ 雨中远眺

几缕春风

又吹得江南着绿

扬子江上

细雨万点

迷蒙一片

秋水共长天一色

茫茫 邈邈 溟溟

天低吴楚

风起云涌

无限江山雨帘中

又何须多情伤怀

朔古追今

人世间

多少事

风流千种

历历春梦

都付长烟一空

□ 杨桥小记

山不高而峻峭

林不密却繁茂

修竹冷翠

湖水暖清

惠风和畅

柳阴路曲

桥底声声低咽

原是流水击石

山间石带高飘

欸乃曲径通幽

桃花 枝头点缀

鸟音 流莺比邻

风不梳柳柳舒展

雨未润花花嫣红

炊烟袅袅

东一缕 西一缕

山峦缺处

此几家 彼几家

和平宁静

春天难得

□ 海燕赋

只有那高傲的海燕，勇敢地、自由
自在地在翻起白沫的大海上面飞翔。

惊涛拍岸

澎湃蓄千钧之力

怒潮卷地

汹涌发雷霆之吼

观大海之苍茫

叹宇宙之广大

浩浩白水

翩翩海燕

弃家雀之小志

共鸿鹄以高翔

行如闪电兮

　搏击千里

飞比疾风兮

腾越万丈

扶摇直上兮

　长剑击空

穿云驰横兮

　雨霁贯虹

欲行而止

如白云出岫

若动却静

似明月栖林

溅起水珠

是力的畅发

裂开乌云

是速的怒飞

时盘旋而低迴

常舒志而高傲

笑莺鸠之乏勇

嘲海鸭之寒暄

嫌东海之池小

慕大洋之壮阔

风云变幻

视之若等闲

历史悠久

自信并乐观

□ 船舱夜话

江雨霏霏

江风如虹

一舱旅客

萍水相逢

抽烟喝茶

闲坐说玄宗

古今多少事

都付笑谈中

忽然说起

昨夜星辰昨夜风

有客感慨　有客动容

远望秋山又几重

□ 案边余句

坐　船

喝不冷不热的水，
吃不饱不饥的饭。
盖不干不净的毯，
洗不清不爽的脸。
离不远不近的岸，
看不连不断的山。

无　题

心事茫然凭谁问，
夕晖西照半掩门。
临窗闲读千家诗，
读到清明雨纷纷。

漫　步

日照河水呈七彩，
龙山半隐青天外。
十里郊野绿无涯，
风雪又引新春来。

读后感

未知寒窗何滋味，
只是学舌论经纬。
读君一席惊世语，
且闻充数新竽声。

卢沟桥

划天一响卢沟桥，
云散风流看今朝。
东风不与周郎便，
铜雀春深锁二乔。

林黛玉

原系灵河绛珠草，
弱不禁风风偏啸。
逆来顺受学不会，
志本冰洁更皎娆。

山外即景

菜花映黄小麦青，
空谷传声侧耳听。
平安人家轻霭里，
流水小桥音韵韵。

西湖晨曦

烟水迷蒙连苍穹，
楼台处处映群峰。
西顾宝淑撑旻天，
轻舫叶叶荡湖中。

中　秋

遥望银河一线天，

夜空苍茫金一盘。

万物咸在神秘中，

清光徘徊泻漾漾。

题红楼梦

一部奇传，

千古绝唱。

十年血泪，

万世流芳。

封建王侯，

跃然纸上。

摒伪求真，

正确鉴赏。

夏季两题

（一）

两地数飞云中雁，

南埔一线出昀溇。

但将今夕灯下时，

看得明日艳阳天。

（二）

方从西窗辞龙山，

便有春风荡航帆。

自有会当凌绝顶，

回眸一瞥是晴天。

永嘉两题

（一）

绿影婆娑月上柳，

永嘉花丛一夜游。

杂叶翩跹轻飘落，

五月晚风香盈袖。

（二）

月光如水风如绸，

小虫啁啾静更幽。

时有行客远处来，

踏碎夏梦心悠悠。

友人两题

（一）

平静深处读心程，

独谱心曲为伊人。

雄兵十万守情魔，

飞燕一掠入精城。

（二）

锦绣江山山又山，

一曲未歌声先残。

梅花欢喜漫天雪，

何须炎炎六月天。

太平塔

潜山城外太平塔，已有一千多年历史了。

一处遗迹，
多少沧桑。
满目萧然，
泠落野荒。
皇阁武殿，
何处怅望。
孤鸿声里，
落日霞光。

□ 简单和伪简单

简单 有两种
简单 伪简单

乡下人 真简单
城里人 伪简单

屋子外 是简单
屋子里 伪简单

身心外面 是简单
身心内里 伪简单

清风明月 是简单
文明礼乐 伪简单

真简单 是一种生活
伪简单 是一门艺术

□ 我们相聚

尔酒既旨

尔肴既嘉

相聚是一味真趣

披衣倒屣且相见

相欢语笑衡门前

相聚的符号

不只是

红酒 绿茶 咖啡

还有沉默 发呆

感伤 失语 流连

弯弯的小河 青青的山岗

问故乡 别来是否无恙

相聚 是一首老歌

歌词是悲欢离合

曲子是

舒伯特的《幻影》
或贝多芬的《致爱丽丝》

人生 聚聚离离
相聚和离别
是人的两极
相聚 是离别的小憩

明日隔山岳
世事两茫茫
因为懂得
所以慈悲

诗是一鉴心湖的涟漪

庄子说："吾生也有涯，而知也无涯。"转眼六载的硕博"学涯"已近尾声，光阴似箭！

这六年住在复旦园一个叫作"南区"的地方。读博士后从16号楼，搬到了3号楼一人居室的305宿舍，条件比读硕士时要好很多。窗外是一排挺得很高、初春绿得很鲜、盛夏绿得很浓的水杉林。透过水杉林，可以见到松花江路上影影绰绰、来去匆匆的行人。我把这一方青灯黄卷的读书地，戏称"杉林屋"，谐"305"之音，又寓窗外那一排充满生命亮色的水杉林。斯是陋室，唯吾德馨。

7月的窗外，骄阳似火。为了准备博士论文，每日坐在绿色弥漫的窗下，用"五笔字型"在电脑上练习打字。先打发表过的论文，后又把散在各处，发表过和尚未发表的诗作打印出来。于是在指法渐趋熟练的同时，书桌上也有了这本小集子。

有时，我们需要一种语言来传达心灵，或者蹚一蹚心头的溪流，这种话语，也许叫作诗歌。

我们来到这个世界带着两大任务，一是完成生命过程，二是感悟生命过程。诗，也许是这种生命感悟最忠实的表达。

1998 年 7 月 6 日于复旦南区

后　记

诗稿躺了多年。"檐间点滴新春雨，窗下青荧半夜灯"，在 2024 年春节的爆竹声里，得以完成校勘。校勘甫定，年后第一个工作日已来临，24 节气第二个"雨水"也来到，窗外的枝头已依稀见绿了。

此次检点旧稿，篇目上稍作了删减和增补，也作了不严格的分类，大体按原来发表的顺序。每辑的封面是作者的钢笔涂鸦，权作题图。感谢前些年和近年为诗集付出辛劳的朋友，感谢中联华文编辑王佳琪，感谢中国文联出版社的责任编辑。

诗的一头是阳光，另一头是月光，时间是它们的桥梁。

诗集出版虽费时饶，亦为一阵子事儿。"诗意地栖居"才是人生之题，是一生的事。19 世纪德国诗人荷尔德林（Johann Christian Friedrich Holderlin）说人充满劳绩，诗意地栖居在大地上。海德格尔把荷尔德林这个表达，变为应然性的生存命题。海氏所谓"诗意地栖居"，不是"醉后不知天在水，满船清梦压星河"式的诗酒茶和鸟语花香的乌托邦，而是在"如此这般"不理想甚至令人沮丧的世界和时代里，人怎样打理好精神，调整好生存姿势。

现实是不理想的，但得有理想主义。生活是缺少诗的，但得有诗心画意。人是很容易变成一种失去灵性的动物的。让我们对自己、对周遭、对生活、对未来，都能更多地保持一份诗心。

2024 年 2 月 20 日

识于浦东绿隐书屋